诗志：1921—2021

胡丘陵 著

中国言实出版社

图书在版编目(CIP)数据

诗志：1921—2021 / 胡丘陵著 . -- 北京：中国言
实出版社，2021.10
ISBN 978-7-5171-3922-5

Ⅰ .①诗… Ⅱ .①胡… Ⅲ .①抒情诗－诗集－中国－
当代 Ⅳ .①I227.2

中国版本图书馆 CIP 数据核字（2021）第 210971 号

诗志：1921—2021

出 版 人：王昕朋
责任编辑：肖　彭
责任校对：崔文婷

出版发行：中国言实出版社
地　　址：北京市朝阳区北苑路180号加利大厦5号楼105室
邮　　编：100101
编辑部：北京市海淀区花园路6号院B座6层
邮　　编：100088
电　　话：64924853（总编室）　64924716（发行部）
网　　址：www.zgyscbs.cn　E-mail：zgyscbs@263.net

经　　销：新华书店
印　　刷：北京中科印刷有限公司
版　　次：2021年10月第1版　2021年10月第1次印刷
规　　格：880毫米×1230毫米　1/32　6.875印张
字　　数：220千字

定　　价：58.00元
书　　号：ISBN 978-7-5171-3922-5

　　胡丘陵，湖南衡南人。中国作家协会会员，湖南省作家协会副主席，一级作家。著有《2001年，9月11日》《长征》《2008，汶川大地震》《戴着口罩的武汉》等6部长诗。

序　诗

百年征程，是一部宏大的史诗
五十八个深谙唐诗宋词的诗人
变成了九千一百多万人的通感
给十四亿人民以丰富的意象

第一章，开天辟地的发现
第二章，改天换地的变化
第三章，翻天覆地的场景
第四章，惊天动地的张力

许多名词，用鲜血和知识重新书写
每一个动词，都在汗水里浸泡
青山绿水，是不变的意境
每一位百姓，都是崇高的英雄

不论写到什么地方
人民就是江山

不论写到什么时候

江山就是人民

所有的意念，都是

实现中华民族的伟大复兴

目　录

CONTENTS

1921，红船

1921 年 7 月，上海望志路 106 号
李汉俊兄弟家的每一块青砖
都睡醒了

嘉兴南湖，满湖的羊水里
盘古在冲动

一本陈望道在乡间翻译的小册子
一部用鲜血校对过的宣言
一把火炬，给古老的神州
带来了光亮

十三双握过毛笔和钢笔的手
举起了锤子和镰刀
掐断一个民族苦难的脐带

羸弱的母亲，忍受着

一个世纪的阵痛
襁褓，摇摇晃晃地行进

一个人口最多的国家，被洋人
揪住了头上的辫子
鸦片，熏得国土一天天消瘦

吃了八十年的中药都不见好转
手脚让八颗洋钉钉住
邻居的虎豹，远方的鹰
抢食着肥得不能动弹的龙

白银浇铸的洋枪洋炮
抵挡不住洋人铁石的野心

道光皇帝既怕烟枪又怕火枪
吓得不知爱江山还是爱美人
琦善的腿太软，一跪下去
林则徐怎么扯他，都扯不起来
三元里的鸟枪，也不管用

整个清朝，就是那个
垂下的帘子
遮掩着一个国家的屈辱

谭嗣同的血，唤不醒龙柱的麻木
武昌的枪声，推翻了一个王朝
却没能够推翻，压在人民身上的
三座大山

一把生锈的锁，到处寻找钥匙
李大钊和陈独秀将赵家楼的火
烧到了全国

卑微的芦苇，找到了返青的风
南湖温暖的水面，解冻了
荡漾的意义。鸥鹭
不再掌握湖面的概念
湖水，升腾成雨水
洒遍神州大地

从此，中国，有了一个
令剥削者害怕的名字
底层的劳工，有了不尊重上天规则的勇气
在历史的缝隙，走出
一条康庄大道

一百年前的隧道里，看到了

一百年后的辉煌

石库门的石头和天安门的石头

一起解开，人类的谜底

中国人，用自己发明的罗盘

不断校正，通往英特纳雄耐尔的方向

1922，安源

夜空的墨水，倒翻在安源的铁路和煤矿
资本家的筛子，筛得矿工
只剩下骨头渣滓

每天，殷红的血
一滴一滴，被矿主
从井口挤出来
四肢健全的人，在生与死的路上
一次又一次爬行

井下，矿工和煤交谈
井上，哑巴与矿工交谈

这些平常看不见的人
是一堆煤，被怒火点燃
埋在地下的，不光是煤与苦难
还有奔涌的潮，沉寂的火山

开滦的煤也和安源的煤一样
遇见火种就开始燃烧
京汉铁路，与安源的铁路一起振动
香港的海面，同工人一起颠簸

从此，在地下矿工跟着矿灯走
在地上比矿道还窄的黑夜里，矿工
跟着共产党走

只因为，这一年，来了个叫毛润之的年轻人
他穿长衫，打雨伞
讲的不是德语和俄语
而是多数江西老表都听得懂的
湘潭话

1923，广州

每一棵果树都结满炮弹的年月
西医出身的孙中山
在广州陆海军大元帅府里，徘徊在
受伤的小路上
尝试给一头沉睡的狮子
开处方

面对剪掉了辫子
剪不断、理还乱的民国
面对无量金钱无量血
购得的假共和
要与远方的布尔什维克，和身边的共产党
一起牵手

穿西装的李大钊、谭平山、瞿秋白
穿长衫的毛润之、林祖涵
统一穿起了中山装

此时，青天白日里
有了一抹红色的曙光

1924，黄埔军校

1924 年，珠江的长洲岛上

周恩来、叶剑英、聂荣臻，用科学的主义

武装一期又一期中的热血青年

尽管，这是一所校训

成为国民党党歌的学校

一所蒋介石起家的学校

一所比步枪还要矮小的胡宗南也能哭喊进去的学校

天天冷风苦雨，共产党的种子

仍然在学校发芽生根

培养了国民党的高级将领

也成就了共产党的元帅和将军

汇丰银行的商军团

成了第一道优秀的实战题

课堂上的考试

搬到神州大地

老师和老师，在地图上斗来斗去

同学和同学，在阵地上打来打去

后来，在功德林

黄埔校友，看望过黄埔校友

再后来，黄埔校友

特赦了黄埔校友

1925，五卅

1925 年的上海，二十万工人
被日本人的棉纱，缚住

顾正红只挣扎了一下
倒下去的时候
所有的机器，停止了呼吸

李立三、蔡和森、刘少奇的身后
是五十万工人、学生
和愤怒的标语口号

英国，枪口对准了汉口
舰炮伸长了脖子
轰击南京

工人的热血
通过《热血日报》
熊熊燃烧

1926，北伐战争

在广州东校场
10万将士，为什么攥紧了拳头

民族的蛋糕，被军阀
一刀子一刀子地分割
有的，送到了日本和英美的嘴边

叶挺独立团的年轻人
口号磨砺的刺刀，寒光闪闪

从汀泗桥到贺胜桥
先锋的枪炮，打开了
民族的出路

从武昌到南昌
合作的力量，让军阀的大厦
摇摇欲坠

战争构筑新的阵地，也留下
一地伤痕

宋庆龄，一生都在喂鸽子的女人
被蒋介石放了鸽子

变口气比变天气还快的蒋介石
一声清党，共产党的人头
一个一个落地

中山舰，长长的汽笛
一声声叹惜

1927，南昌

1927 年 8 月 1 日，周恩来
叶挺，刘伯承，朱德的脖子上
系上三角的红巾
贺龙，扣动了革命第一枪的扳机

炸弹，让八月的太阳
穿了一个窟窿

武昌到南昌，七百里路程
历史，走了整整一十六年

这一天，无数烈士的喉咙
发出了，冲锋的号声
愤怒的眼光
射出子弹

一个被枪杆子压制的政党

终于有了自己的枪杆子

自己没有武器，往前走
离敌人的子弹更近

指挥员的手表，停在
弹片飞来的时刻
只有时间前行

李渡的烧酒，醉得鄱阳湖
翻来覆去
后来，在广州中弹牺牲的张太雷
炸响了一声惊雷

将军战马的马尾
拉过《二泉映月》，也拉过《听松》
后来，大家更愿意听
马尾拉出的
《喜唱丰收》

1928，井冈山

满山的杜鹃，红得遍体鳞伤

毛泽东，将秋收的种子

全部带到井冈山上

朱德、陈毅也有了落脚的地方

留学苏联的布尔什维克

将带回的种子，撒向大地

毛泽东，取马克思的结穗

嫁接到中国的砧木上

这里有了中国第一支

官兵一致的部队

党支部建在连上的部队

毛泽东，一个规定可以点三根灯芯的人

只点一根灯芯

就用星星之火，点亮了

整个中国

每一根竹子都是平等的
朱德的扁担，和战士的扁担
一个模样

雷打石上，所有的竹子
都听风的指挥
不拿群众一个红薯，群众
将留种的几个红薯给了红军

吃的是一样的红米饭，喝的是一样的
南瓜汤
刘启耀，死里逃生
走村串寨，一直乞讨度日
腰缠的万贯公款，分文未动

不少地方，每四个人中
就有一个人，参加红军
每十个人中，就有一个人
当了烈士

井冈山，松涛呼吸高扬的红旗
草鞋，走出一条崭新的道路

1929，古田会议

1929 年 12 月 28 日，古田
廖氏祠堂的炭火
驱散闽西的寒冷和阴霾

9 月的一封信，否定了
2 月的一封信
一个关于新型军队的决议
光芒四射

毛泽东，用他超凡的目光
思想建党，主导旧军队的蜕变
政治建军，退去了
单纯军事的皮层

大榕树的根须，深深扎进
人民的土壤
一支党指挥枪的人民军队

脱胎换骨，走上
胜利的道路

从此，理想围起一个个篱笆
内伤严重的神州大地，一块块
红色的圈点
刺痛独裁者的眼睛

1930，鲁迅

两道剑眉，将全国的左翼作家
联合在他那张清瘦的脸上

无限的孤独，在希望中怅然
他用绍兴师爷的目光，重新打量故乡
越是高贵，越觉得自己卑微

鲁迅总是做着他自己的梦
以文章改变一个世界如此痛苦
有许多路可走，又去向不明

朝花夕拾后，鲁迅只剩下思想的骨头
鲁迅的小说，不是孔乙己的茴香豆
不是祥林嫂的唠唠叨叨
也不是阿 Q 自己打自己的耳光

而是他学医的解剖室

乡亲，血淋淋地

躺在小说里，吃着人血馒头

很多人尊称他为大先生

有时候，喜欢他

横眉冷对千夫指

有时候，喜欢他

俯首甘为孺子牛

1931，九一八

1931 年 9 月 18 日
日本武士的剑，挑开了夜的遮羞布
令面积比自己国土大一倍的中国东北
支离破碎

张学良丢下父亲未寒的尸骨
也一路丢下了松花江
丢掉了东三省

青豆都气得炸裂了豆荚
森林成了自生自灭的孩子
煤矿在地下燃烧怒火

国家被割了喉咙
日军，将恐惧
散布到整个中国

炮声丢失的
被枪声看守
铁蹄践踏过的土地
满山生锈的树木

只有义勇军冒着敌人的炮火，前进
共产党，将义勇军进行曲
唱成了国歌

蒋介石丢掉了地盘，却没丢下屠刀
蔡和森，一个为共产党取名字的人
一个和向警予用《资本论》证婚的人
在死的路上，也追求真理

恽代英，黄埔政治总教官
在毫无自由的囚室
教人如何获得自由

1932，中华苏维埃共和国

1932 年，在瑞金诞生
在马背上成长的
中华苏维埃共和国
发布了，正式的
《对日战争宣言》

东北的雪
被抗联和义勇军的热血
染成了雪里红

稚嫩的苏币，是人民自己的钱
在粗糙的手中流通
用废墟的石头，也要砌一堵墙

为了苏维埃，写过《游击战术》的黄公略
空袭中，成为永远的黄公略

为了苏维埃，领导过省港罢工的邓中夏
没能让刽子手，罢工

毛主席，用嫩芽的规矩
扶着人民政权，丫丫学步

偏居瑞金一隅的
中华苏维埃共和国
是中华人民共和国的预演
是毛主席和部长们
登上天安门前的彩排

1933，红军

1933 年的江西
一个叫沙洲坝的一个小村庄里
将星云集

朱德，周恩来，叶剑英，刘伯承
用电报，敲出一座坚固的
红色堡垒

绞尽脑汁的蒋介石
要将红军，窒息在摇篮

围剿。一次，又一次
前三次，熟谙兵法的毛泽东
诗兴大发
吟了两首渔家傲和菩萨蛮

炮火没有浪漫，子弹

只知道直来直去

那一年的红军，不能诗意的应对
鲜血，将一面面战旗染红
还有口袋里，一个个
血红的党证

1934，长征

1934 年的瑞金

八万只单簧管，在李德的指挥下

把一曲好好的《马赛曲》

奏成了四面楚歌

毛泽东那支打不中十环

却能一枪打中十平方公里的驳壳枪

被流利的俄语，压制得

打不出子弹

这支曾经在不少山头

奏过凯歌的队伍

只好在绵绵细雨中

听瑞金那个新婚的女人

凄怆地唱《十送红军》

送了，再送，怎么也想不到

要送二万五千里啊

每年，她都做一双鞋子

做了七十五双，也没等到

那双缠绕在腿上二万五千里长的绷带

在离曾国藩故居不远的湘江

是毛泽东、刘少奇、任弼时

煮茶论诗的河水

也是彭德怀、贺龙、罗荣桓

饮马论剑的河水

几个留学的领袖，因为

去俄罗斯太久的缘故

已经听不懂故乡的《十面埋伏》

历史，注定要在这里

给这些涉军不久的将领

上一课了

毛泽东用他那把得心应手的镰刀

秋收回来的三万颗种子

来不及发芽

就被冲动的指挥者

撒手扔在湘江里

流淌了三天血液的湘江
血，流进母亲河里
却没有流向生产这些血液的母亲
自在的鱼虾
也在不断地窒息中死去

直到担架上的毛泽东，站了起来
用明喻、暗喻、佯谬和通感
四渡赤水

生命，夺取十三根冰冷的铁索
小木船，渡过大渡河

手挽手，走过若尔盖的草地
胸脯温暖夹金山的雪

打通张开血盆大口的腊子口
终于到陕北，听到了
信天游

1935，遵义

受伤的红军，疲惫地躺在遵义
这个青砖黑瓦的手术室
自己给自己会诊和疗伤

一颗难以化解的结石
堵在毛泽东的胸口
担架上，他一个人的疼痛
牵动一个国家和民族的神经

湘江两岸的堡垒开始化脓
灵活的腿脚，也有些中风
毛泽东用手术刀开始解剖
张闻天细心地缝着伤口
然后，用中药固本用西药消炎

这是一剂难熬的药啊
毛泽东开出的方子刚刚开始临床

朱德、林彪、刘伯承、彭德怀用武火煎

周恩来、王稼祥用文火煎

煎得李德、博古和王明

翻滚，再翻滚

这中药的气味虽然有些不好闻

却使红军渐渐恢复了元气

并且增加了许多抗体

这一年，瞿秋白

从容地喝着酒

说着一句也不多余的

多余的话

清贫的方志敏

将他的生命、气节和本色

全部献给可爱的中国

1936，西安事变

十二月的西安，已经很冷了
再冷，也冷不过蒋介石
他在骊山的石头上，瑟瑟发抖
一向高调的他，这一次
蜷缩着，屏住呼吸

不是拜把子兄弟不讲义气
是蒋介石叫嚣"攘外必先安内"
张学良，才敢得罪一个人
不愿得罪天下
骊宫的枪声惊醒了一个民族的大义
它杀掉了蒋介石的威风
也扭转了向内的枪口

挨打十年的共产党
深明大义
周恩来的斡旋

调整了枪口上的准星

从此，国民党的军队
打了许多败仗，也打了胜仗

前方，后方扭成一股绳
国军共军携同生死
在淞沪，三十三万血肉之躯
报效民族

台儿庄，敢死队视死如归
张自忠、庞炳勋不计旧恨

武汉，中国的战机
也让日本的飞机
在中国的上空抽烟打滚儿

长沙、常德、衡阳、湘西
与日军不断拉锯
最终定格在芷江

1937，卢沟桥

1937 年，7 月 7 日
小日本，仿佛一条长长的蚕
啃了中国东北几片桑叶
就变成飞蛾，扑向
古老的华夏大地。

卢沟桥的月亮，被枪声
和谎言打碎
石头的狮子，张开大口
也无法形容倭寇贪婪的野心

大炮，轰击宛平
也击破了当局苟且的幻想

举国上下，同仇敌忾
拉开了，抗日的序幕

1938，八路军

一支风雨十年练就的军队

不管穿上什么样的制服

都是老百姓的队伍

平型关，林彪、聂荣臻第一次

从伏击的阵地冲下来

打破了日军不可战胜的神话

用战果，向全国人民

作了一场动员

不论多么猛烈的炮火

都轰不倒中华民族的脊梁

阳明堡，暗藏一个日军的机场

刘伯承戴上了夜视镜

二十四架，天天在头上耀武扬威的敌机

成了二十四只断了翅膀的蜻蜓

雁门关，贺龙的烟斗冒着青烟

敌机，也救不了

击毁的汽车和补给线

黄土岭，大刀，向鬼子们的头上砍去

每一个八路军

都是一座弹药库

比罂粟还毒的名将之花，阿部规秀

凋谢在太行山上

1939，白求恩

亨利·诺尔曼·白求恩
八路军最老的战士，在中国
天天与血在一起

他用多伦多大学的知识采血鉴定血
他用爱心配血贮存血运输血保管血

他培养一个个热血的医务干部
做了 300 多次，带血的手术

找不到血了，就躺着采自己的血
他是 O 型血，他成了群众的血库

最终，宝贵的生命之花
败谢在血的感染上

他满身都是国际主义的血

都是共产主义的血
都是毫不利己，专门利人的血

他血管流淌着高尚的血
他向伤病员献出的是纯粹的血
他配的是有道德的血

他的行动，鉴定他全身都是
脱离了低级趣味的血
他永远贮存着，有益于人民的血

1940，百团大战

面对风雨对嫩芽和花朵的暴力
华北平原的每一株高粱，都义愤填膺

延安发出的每一封电报
都是决战的誓词
全国的土枪土炮、镐头锤子
都加入了大战

一百多个团的八路军
同时啃着日寇的交通线和据点

铁轨，被仇恨撬断
公路，被悲痛挖烂
桥梁，被愤怒炸毁

侵略者怕真刀真枪
更怕一本小册子《论持久战》

民族危急关头，共产党
用土枪土炮，打开了
通往黎明的缺口

1941，新四军

苏北盐城。陈毅，刘少奇
奉命到任
新四军，浴火重生

1941 年 1 月 6 日，在日寇面前
吃过败仗的蒋介石
在允许豺狼穿行的大山
不让兄弟立足

泾县茂林，山的沟壑
越来越大

项英，带领他的
七千新四军将士
捷报频传
却冤死在同胞的枪下
叶挺，北伐名将

成了曾经是北伐战友的俘虏

党中央用革命的命令
反抗反革命的命令
新四军，壮大成新的铁军

1942，延安

从 1935 年开始，枣园里
每一棵枣树
开出的花朵，都是向全国民众发出的抗日号召
小纺车，也能下达大生产的命令

宝塔里，慢慢有了马克思主义
延河中，流淌着毛泽东的思想

即便是住过洋房的城里人
到了延安，也不怕吃苦
只怕吃不到延安的小米

简陋的窑洞，既住着
穿着与士兵一样的领袖
也接待慕名而来的中外客人

毛泽东，用《改造我们的学习》

《整顿党的作风》和《反对党八股》
三篇文章，打了一套整风的组合拳

大会小会，拔掉了墙上的芦苇
铲掉了一个个小山头
也改掉八股，打磨出
"实事求是"的光辉
发明了一个专攻坏毛病的武器，叫作
批评与自我批评

山坡上听过领袖讲课
也枪毙过罪不可恕的将领

仇视土豪劣绅的百姓，将
最后一粒粮食做了军粮
最后一尺棉布做了军装

不断有年轻人辗转来到延安
初到延安，每个青年都是一行绝句
三个月后，每个青年都是短诗一首
三年后，每个青年
都是一部精彩无比的长诗

1943，反扫荡

1943 年，日军的梳篦
将太行山上的八路军
梳了一遍，又一遍

每一颗地雷
都埋着八路军的仇恨
只对准敌人爆发

三三两两的小麻雀
忽东忽西，忽聚忽散
侵略者，也有魂飞魄散的时刻

鬼子，只要进入山谷
山上的每一根小草
都是伏兵

铁路、桥梁和火车

八路军和民兵无处不在的战场
敌人，从此通向死亡

小鬼子永远不知道
射向他的子弹，来自何处
远在延安，写《论持久战》的
毛泽东知道。一切
都来自人民

1944，张思德

一位用木炭温暖人民的普通战士
埋在炭窑里
永远和人民站在一起了

他为人民而死
领袖说，他比泰山还重

冬天很少烤炭火，八路军新四军
为了人民

为了人民，将军的马
让给士兵骑
为了人民，自己不多的干粮
让给群众
为了人民，可以用身体
为战友挡子弹
为了人民，全国人民

团结成一个石榴

从此，为人民服务
五个草书的字
守护着，政府每一个大小院子
成为每一个公务员的
座右铭

1945，重庆

1945 年的重庆，是川剧的脸
变来变去
曾经，袍哥在瓷器口摆龙门阵
从嘉陵江摆到长江

挥一挥手，艺高胆大的毛泽东
真的到了重庆
没有防弹衣，只有超乎寻常的胸怀

毛泽东与蒋中正
谈了整整四十三天，谈得巴山夜雨
涨满秋池

那年的重庆
陪着首都挨炸
炸得山城的温泉
热泪纵横

山城上空，到处都舞着

沁园春里的雪

毛泽东，在曙色中

向蒋中正道了一声晚安

蒋中正，在黑夜中

向毛泽东道了一声早安

1946，中原突围

1946 年，善良的人们
在较场口，远远就闻到了
内战的火药味

重庆的每一棵黄葛树，都向往
和平的阳光
李公朴和全国人民一样
渴望过上太平的日子

历史，跟马歇尔开了一个玩笑
对民主的庆祝
变成了哀思

中原，30 万人
合围不到 3 万人的中原军区主力

李先念，用过孔明的空城计

率两路大军，突出重围

将军们在两张不同的地图上
指点着同一山石头
为了这一山石头
躺在这石头上
不同的领章帽徽
流出的是同一种颜色的血液

为了这一山石头
那些烧掉赤壁的火
烧着战士身上的半块烧饼
一只被砍断的手，握着刺刀
紧闭的嘴唇，吹着冲锋号

为了这一山石头
两个用不同刺刀刺倒对方的战士
四只闭合不上的眼睛，发现对方是自家兄弟
一个被抓走的不得不上战场的哥哥
一个因为哥哥被抓走
毅然上战场为哥哥报仇的弟弟

1947，土地改革

1947 年，一部关于土地的法律
废除了，剥削的土地制度
所有的田土，用耕者有其田的尺子
重新丈量

春天躺在新分的田地里发出嫩芽
祖祖辈辈的农民，天天汗流浃背
却缺吃少盐

上了新学的儿女
将自己家的土地，分给了他人
有的人革了父亲的命
自己也献出了生命

为了保护初恋的土地
不改嫁他人
土地新的主人，用鲜血捍卫

在犁与耕牛游戏的黑夜中
蓬勃的庄稼，面对农民
暗暗反刍着光亮

1948，西柏坡

1948 年的西柏坡
满坡都是滴滴答答的电报声

村子里，炊烟袅袅
战场上，硝烟弥漫
小路上散散步的毛泽东，用电报
打得蒋介石，坐着美龄号飞机
东奔西跑

在平津，卫立煌和廖耀湘三十万兵马
被林彪、罗荣桓和刘亚楼，嗑黄豆一样
一粒一粒，嗑了下去

在淮海，刘伯承、邓小平、陈毅、粟裕、谭震林
将杜聿明围成四面楚歌
支前民工的独轮车
让八十万国军，成了

瓮中之鳖

在平津，傅作义
成了惊弓之鸟
打掉张家口和天津
也打掉了傅作义的幻想
古城北平，和平解放

打了大胜仗的毛泽东没有骄傲
而是想着，带领全党，跳出
其兴也勃、其亡也忽的周期率

毛泽东、朱德、刘少奇、周恩来、任弼时
饮马滹沱河
深知坐江山比打江山难的毛泽东
带着两个务必，低调地
进京赶考

西柏坡开幕的一个会议
至今，没有闭幕

1949，天安门

1949 年 10 月 1 日的中国
许多老皇历，再也翻不动了

天安门城楼上
毛泽东，人民的领袖
对着麦克风，运足中国气功
用拖着湖南口音的普通话
向全世界宣告中国人民
站了起来

砸碎了枷锁的人民
曾经举着示威标语，喊着口号的人民
今天终于举着红旗，扭起了秧歌
二十八响礼炮，轰得整个地球
震颤不已

白玉桥，连接着领袖与群众

毛泽东，不停地挥动手里那顶崭新的军帽

魔力般吸引着，广场沸腾的人群

兴奋的泪水与呼喊，将夜空的礼花点燃

为了这一历史的庆典

浴血奋斗了二十八年

那面鲜血染红的旗帜

倒下，又被后面的人扛起来

开国仪式，也是开考仪式

考卷上，既有关于新社会的名词解释

也有洋油、洋钉等填空题

还有关于六万万人吃饭的问答

更有如何不当李自成的论述

人民相信毛泽东，考得出好的成绩

因为，他读过许多线装书

也啃过不少印着大胡子头像的洋册子

同时，他自己也是一位

编写过中国教材的导师

人民更相信，阅卷的

不是那些洋人

也不是，那位被赶到小岛上的蒋总裁

而是，永恒的时间

和公正的历史

1950，三八线

博尼斯蒂尔上校的铅笔

比刀子还要锋利

在地图上，轻轻划过

便穿越高山，截断河流

拆开村庄与田园

将好端端的一个高丽划作两半

一夜间，将许多亲人划成了敌人

划得三千里江山

不是江山

杜勒斯，用望远镜

在社会主义的报纸上

看了好些天，还是看不清

这条线在什么地方

于是，世界所有的目光

被这条看似荒唐

却又点燃心灵与战火的线条，吸引过来

年轻的中华人民共和国

也感到了唇齿之间的寒冷

彭德怀，指挥百万大军

在线上争来夺去

皑皑雪地上尸首连绵

这边爱的人，那边恨

那边恨的人，这边爱

只有人民知道

谁是最可爱的人

因为友谊与忠诚

再猛烈的战火，也点不着

邱少云那颗钢铁浇铸的心

再锐利的子弹

也穿不透黄继光心中

那堵长城

还有常香玉的飞机

谁也不能在空中

将她的乡音击落

当中国领袖的儿子与他的战友

站在纪念碑中的时候

美国的大兵

感恩节不能回家感恩

圣诞节，也不能

见到故乡的圣诞老人

麦克阿瑟将军，那支

指挥不少胜仗的指挥棒

被中国人勒紧的裤带勒住了

只有克拉克在板门店的签字

还有些管用

只是不知道，要管到

哪年哪月的哪一天

1951，布达拉宫

1951 年的雪山

是西藏最大的哈达

披在布达拉宫的肩上

所有的骏马都奔往这里

所有的藏民走出了篷帐

青稞酒醉红的天空下

人皮鼓敲碎了农奴主的梦幻

牧鞭追赶着兴奋的牛羊

雄伟的布达拉宫

像文成公主与松赞干布婚礼一般

祥和与辉煌

雪域高原，热烈地

亲吻着太阳

雪是纯净的梵语

雅鲁藏布江，流淌着满江的祝福

佛光照耀一代代藏民

藏民，用汗水与血液

叩谢佛光

千年的布达拉宫，收藏着

千年的誓言

尽管不时有枪声

干扰宫中的宁静

千万藏民，仍然虔诚地

朝拜千年的神鹰

祈祷一统的中华永不雪崩

1952，中国第一大案

从岳麓书院开始，一路狂草的
书法大家毛泽东
面对河北省委的一纸报告
迟迟难以下笔

过五关斩六将的统帅
却为处理两个人
痛心得
墨水变成了红色

刘青山、张子善
不怕战争的烟火，却让女人的雪茄
熏得忘记了誓言

刘青山不清，张子善不善
饿着肚子的民工
热情被渐渐克扣

怒火，就这样开始燃烧
共和国领袖，想到了更多的关于
糖衣炮弹和守住江山的
许多哲学

毛泽东用他那支
写过无数战功嘉奖令的狼毫，逆锋写道
杀之可惜
不杀，不足以平民愤

1953，"一五"计划

洋油灯发出的光亮

微弱而惨白

年轻的国家，要用自己的手笔

在一张白纸上，描绘新的蓝图

时针，追赶着秒针

六亿人，甩开膀子的速度

科学家也觉得不可思议

尽管，有苏联老大哥相助

毕竟要用寸的标尺，丈量米的距离

没钱捐献给遥远的战场

只好捐出青春和时光

缺少知识和文化，只好

瘦去身体的重量

加速机器的旋转

在那个只有我们
没有我的时代
共和国太多的先天不足
倒逼出
太多的人间奇迹

1954，宪法

一部用无数生命写就
用鲜血，校对了
一遍又一遍的大法
1954 年 9 月 20 日，诞生了

每一个文字，都是人民想要的
一代一代先烈的梦想
经过全民大讨论
炼成一块，治理国家最基础的石头

一只脚迈向民主，一只脚迈向法制
结束了，千百年来
个人随意舞蹈的时代

一草一木，都记得苏格拉底的格言
法律的机器，立国安邦
人民的权利，靠法律保障

一根权力的缰绳，牵在人民的手中
一幢国家的大厦，四梁八柱
稳稳地，扎在中华大地
任凭西风吹拂，海浪拍打
任凭麻雀，在飞檐上，叽叽喳喳

1955，万隆会议

1955 年的万隆，玫瑰花提前一个季节

准备足够芳香

周恩来，和二十多个远道而来的客人

在东方巴黎的街道上

手挽手，历史性步行

第一个，没有殖民国家参加的会议

素昧平生，政见不同的人们

平等地，坐在一起

占世界人口半数以上的

沉默的，大多数

发出了埋藏在心底的声音

29 颗生命力强大的种子

撒入，危机四伏的丛林

十条共同遵守的原则，守护着

国际秩序，彼此的安全

71

团结。友谊。合作
万隆精神
放射柔软的光芒

尽管，克什米尔公主号的残片
在受伤者的体内，隐隐作痛

周恩来，用他魅力的笑容
成为世界和平的明星
多年后，这些兄弟国家齐心协力
将新中国，抬进了联合国

1956，中国汽车

长春一声长长的汽笛

立刻响遍了全国

男女老少都欢呼起来

中国人，终于有了中国的汽车

中国汽车是从苏联学来的

中国人按照中国的道路进行了改装

中国的汽车不好开。因为

中国的桥都被八国联军炸断了

中国的路都让日本人挖烂了

中国的汽车能走这些路

从南湖到井冈山，从瑞金到陕北

全长二万五千里

一路死了好多修路的人

中国汽车，才开进了长安街

中国的汽车材料尚在提质

可美国的枪炮攻也攻不破

西方的封锁封也封不住

因为中国汽车，烧的是

大庆的石油

中国汽车也有抛锚的时候

中国汽车也曾在风雨中受阻

尽管，也有人想把中国的汽车

开上歧途

但中国汽车中国人自己能够修理

中国汽车中国人自己能够稳稳当当操作

中国汽车也在不断改进

只是中国，人多路挤

必须安全行驶

中国人乘坐中国汽车

中国汽车必须走中国道路

1957，武汉长江大桥

张之洞想得心都穿洞了
就是没有办法，修这座桥
德国的贷款，也只在长江中
掀起了一点浪花

毛泽东用他的一首水调歌头
将蛇山和龟山，诗意地连了起来

这是一条，直接从半封建半殖民地
通向社会主义的桥梁

桥墩，扎在几千年文明积淀的基石

穿过泥沙和卵石
深入到中华民族最坚硬的部分

这是用坚硬的脊梁

顶起的不锈钢架
骨头，支撑起新中国
第一个五年计划

从此，有一股力量
从一穷二白，跨越到
欣欣向荣的彼岸

1958，大炼钢铁

1958 年夏天热得太早

迷人的北戴河

是避暑的地方

也是掀起热浪的地方

整个中国，成了一个火炉

被沸腾的热血点燃

只因为，好不容易站起来的人民

都嫌自己的腰杆，硬度不够

哪怕砸掉家家户户的锅子

也要炼出争气的钢铁

不再有白天黑夜，也不再

有集体个人

山海关，镇也镇不住

长城老龙头，拦也拦不住

魏武帝诗中的秋风

怎么也吹不凉这股热浪

尘烟笼罩的蓝天上

到处都是卫星

直到冬天来临

六亿神州才感到饥寒

鸟儿也无力归巢

留下一堆堆，似钢非钢

似铁非铁的东西

让人思考和探索

1959，雾中的庐山

横看，是庐山
侧看，还是庐山

全中国都是热的
只有庐山些许清凉

也许是香烟抽得厉害
整个庐山
烟雾蒙蒙

七个指头与三个指头
让所有的人
掰了整整四十四天

以致各路神仙，分不清
哪是枝叶
哪是树干

别墅与别墅之间
也不过数百步的距离
因为稻谷与钢铁的缘故
众多的鲜花和小草
长成了篱笆

大雾，从九江到长江
教人看不清，庐山
真面目

1960，大庆油田

辽阔的松嫩平原，一台台磕头机
日夜不休地，磕头

向这片，曾经被认为贫油的土地
磕头
是他深蕴的内涵，躲过了
日本人的掠夺

向李四光等地质学家
磕头
是他们理论的指引，找到了
这片土地

向宁可少活 20 年，拼命
也要拿下大油田的铁人，王进喜
和他的战友们
磕头

他们用生命，刷新
年近 40 万米的世界钻井纪录
为国家，钻出了争光的油
为民族，钻出了争气的油

向崭新的中华人民共和国，磕头
独立自主，自力更生的人民
结束了洋油时代

向讲究科学，三老四严的石油人
磕头
向胸怀全局，为国
分忧的石油人
磕头

向一个伟大的时代
磕头

1961，农业60条

时代的秒针，正好走完60分钟

为了六亿人，端好自己的饭碗

为了大家都能吃饱饭

为了用小锅，还是用大锅

不同职务的人

一次又一次，踏遍

不同的田野

这部人民公社的宪法

用人民的血和汗水写就

脚步丈量了大地

倾听过耕牛的声音

人民公社，一位早产的婴儿

不是巴黎公社

田土、山林、草原和水面

重新按照人民的意愿，排列组合

产品沿着劳动的方向

秧苗，有了稳苋的泥土

炊烟，令家家户户

热泪盈眶

只有诚实的泥土才有香味

饱满的铁锅，必须依靠饥饿的犁和镰刀

日夜耕耘与收获

1962，7000人大会

1962 年 1 月 11 日至 2 月 7 日
北京。7000 多人
发出自己的声音

犁铧，发出撕破板结田土的声音
禾苗发出拔节的声音
石磨，发出碾压稻谷的声音

有些声音，全国有，京城没有
有些声音，京城有，全国没有

说了这么多天的真话
说了这么多天的心里话
说了这么多想说还没说的话
没说完，延长时间再说

领袖的胸怀博大，自我批评

用负责的态度，承担责任

面对一个民族，没有走过的路
勇于探索的领导人，用集中
集体智慧的方式
找到了，通向坦途的钥匙

1963，雷锋

一颗螺丝钉
将一位戴着冬帽的
士兵头像，钉在全国
所有的教室

因为春的温暖，这个名字
永远年轻，年轻得
一代又一代少年
都称之为叔叔
那一篇篇朴素的日记
成了新一代中国人的范文

许多祖辈遗失的物品
被主动送了回来
只有国家与集体
人人都忘记了自我

世界所有的专家
还不能克隆羊的时候
共产党率先掌握了
克隆优秀国民和思想的技术

1964，蘑菇云

1964 年 10 月 16 日
古楼兰国的戈壁滩
注定要成为世界注目的地方

一朵灰色的蘑菇
蓬乱地速生在
世界所有的报纸上

许多双不同肤色的手
发生了颤抖

因为广岛长崎的阵痛
催生了许多不再阵痛的渴望
本来营养不良的中国
还要去偿还债务
和抵御别人的侵略
同时，也有别人的蘑菇云

在天空中徜徉

中国人的志气，在钱学森弹道上
马兰一样顽强生长

名字写在巴黎居里实验室的钱三强
也将名字与夫人一起
写在祖国的大漠

二十八年的娃娃博士邓稼先
和许多人一起，将姓名埋在沙漠里
夫人只知道，他在遥远的罗布泊
忙着对国家有意义的事情

当生命，转化为中国的技术
中国的设备，裂变科学的思想
风沙吹白黑发，也要用
挺直的腰杆，搭成铁架
发射心中的理想

1965，红旗渠

悬挂在绝壁上的天河
无声地呼唤，一双双粗糙的手掌

抚摸着 1500 公里的长卷
锈蚀的铁钎，冒出刺眼的火花
散尽烟雾的炸药，翻开一部
惊天动地的史书

哪怕骨头烧成石灰
也要将贵如油的水引进心田

生命在渠道中流淌
幸福的浪花，安慰坟头岭
八十四位不眠的灵魂

天桥断的瀑布，断崭
奋斗的落差

青年洞，每一粒石英砂石
见证一个时代
青年的激情

一面红旗，插在林县
全中国，都是奇迹

1966，焦裕禄

1966 年，身患肝病的焦裕禄
顾不上自己扎针和吃药
忙着给兰考的风沙
贴膏药和输液

他知道，改变一个县
不能靠粉黛打扮
便将全县所有的小路
绑在腿上
与农民在草庵、牛棚里商量

水，在他的胃里内涝
剧痛的拳头
也握不住一丘一丘的沙粒

泡桐，跟着焦裕禄姓焦了
一株一株，团结在一起

抵抗风沙

泡桐和郑板桥的竹子一样

在盐碱地里生长

带领群众种泡桐的人，成了一株泡桐

一个县的盐碱

中和不了他的胃酸

一声咳嗽，牵痛了兰考大地

能够诊断一个县的脉

自己的身子，不可救药

从此，树荫遮盖的兰考大地

多了一个小沙丘

也多了一块丰碑

1967，坦赞铁路

1967 年 9 月 5 日的北京

坦桑尼亚和赞比亚

毒蜂怎么蜇，也蜇不破中国与非洲人民的友谊

1860.5 公里长的两根铁轨

搅动世界的格局

跨越种族和世纪的友谊

随着铁路延伸

修过万里长城的中国人

感到非洲曾经与自己一样的疼痛

修出了，西方都认为难修的铁路

整个非洲，都认定了铁的友谊

用生命，将坦赞连在一起

也将非洲人民和自由连在一起

将人类的命运，连在一起

非洲的温度高，雨水足

半个世纪的磨炼

铁，总有陈旧的时候

友谊，却永不锈蚀

1968，南京长江大桥

1968 年 12 月，钟山的紫气

全部来到长江

鞍钢炉子里流出的钢水

不长叶子，但开满鲜花

这是一座，七亿人

用志气顶起来的桥梁

一座从一穷二白，通向

完整工业化体系的桥梁

一座演练集中力量办大事的桥梁

一座自力更生艰苦奋斗的桥梁

汽车，从桥上走过

喇叭尽情歌唱

火车，从桥上走过

汽笛，扬眉吐气

坦克从桥上走，伸出

钢铁的长臂

知识青年，从桥上走过
走进乡村。像种子
成长于贫瘠而又广阔的天地

苏轼拍岸的惊涛，相形见绌
共和国的许多第一
收藏在博物馆
即便是兴奋的人们
挤掉的，两卡车鞋子
也有文物价值

1969，珍宝岛

1969 年的乌苏里江，冰层很厚
一个零点七四平方公里的小岛
金元宝似的，摆在中苏边境
成了世界瞩目的，焦点

尽管，在尼布楚
曾平等地签订了合约
尽管，共产主义的领袖列宁
也曾许下诺言

在中国偿还所有债务之后
莫斯科还想索取高额利息
只相信，坦克和大炮
不相信，鲜血与眼泪

孙玉国和他的战友不畏寒冷
更不怕，数倍于自己的

坦克和敌人

因为愤怒，火箭与子弹
都长满了红色的眼睛

苏军上校与新式坦克
被黑色的雪粒掩埋
柯西金先生，开始尴尬地
拨打了，那条冷却了十年的
中苏热线

1970，东方红卫星

1970 年 4 月 24 日，一颗小星星
向世界各国的首都，眨着眼睛
整个世界，都是红的

听到东方红
这首红色的乐曲
共和国的夜，成了红色的海
8 亿人民，兴奋难眠

一个埋头苦干的民族
终于可以自豪地，仰望
属于自己的星空

为了这颗星星，钱学森
在他的弹道上
苦苦追寻

为了这颗星星，赵九章
用尽他毕生的气力
拥抱地球

为了这颗星星，郭永怀
在生命的最后，用身体紧紧怀抱着
一生的梦想

为了这颗星星，所有的参与者
不知送走多少星星

这一天
成了中国强国的节日
中国航天日

1971，联合国 2758 号决议

1971 年 10 月 25 日的联合国大会
美国的计算机失灵了

一份由 23 个国家提出的提案
联合国以超过三分之二的多数票赞成
刺痛着，帝国的眼睛

所有的障碍，都阻挡不了
历史滚滚的车轮

占世界人口五分之一的中华人民共和国
作为中国唯一合法的政府
恢复了，在联合国的一切权利

一群非洲朋友，将新中国
抬进了联合国
也把蒋介石的代表，赶出了联合国

从此，这个二战后的组织

多了和平的力量，也多了

正义的声音

乔冠华，东方式的大笑

通过《纽约时报》

震慑了，西方大厦的玻璃

1972，尼克松访华

尼克松先生到底还是来中国做客了

坐了那么久的空军一号专机

总算明白，对中国

拿刀弄叉都不管用

于是，学着

拿起两根筷子

毛泽东挥拍的小小乒乓球

转得厉害

弄得地球跟着转了起来

哈佛教授基辛格博士

很快将乒乓球，礼貌地传给了

周恩来总理

两双丢掉兵刃的手

越过太平洋，紧紧相握的时候

他们轻松的交谈

震撼了世界

1973，杂交水稻

许多痛苦结成一粒种子
整个江南的夏季，起伏不安

水就是父亲
土就是母亲
袁隆平的一个灵感，被乡亲的汗水
写成无与伦比的诗句
所有的晦涩，都被锋刃的剑叶
割成光芒
唐诗宋词，怎么也吟不出这
拔节的音响

江南雨，年年稀释乡亲碗中的米饭
人说江南的女子都是垂柳
江南就是杂交水稻的姿势

当世界的粮食大会

放着一个清瘦汉子的头像
蛙声齐诵起来

杂交水稻俯首默然
只有乡亲的葵扇，扇动着往事

江南，收割着杂交水稻
江南，被杂交水稻收割
从此，西部的粗犷
北方的挺拔，不再是
诗人的骄傲

1974，"三个世界"划分

1974 年 2 月 22 日，毛泽东
对来访的赞比亚总统卡翁达
伸出三个手指

"美国、苏联是第一世界
中间派，日本、欧洲、加拿大
是第二世界
咱们，是第三世界"

老人家深远的目光，如同鉴定
地球的寒武纪、三叠纪和第三纪

"第三世界人口很多
亚洲，除了日本
都是第三世界
整个非洲都是第三世界
拉丁美洲是第三世界"

他要为每一盏灯，找到
发光的位置

谈笑间，他将亚非拉第三世界的人民
划成了朋友

1975，全面整顿

1975 年，全面整顿
从动脉硬化的铁路
下手了

第一站，是神经紊乱的徐州
最后，是心肌梗死的郑州

中央九号文件，扫清了
拦在铁路上的种种障碍

恢复生产运输的指示
一车皮，一车皮
运到每一个中国人的心里

火车头，拨正
曾经偏离的路线
回到了，正常的轨道

此时，畅通无阻

四通八达的铁路

真正成为

整个工业的神经

全国的经济，也开始

振翅，起飞

1976，73 个补丁的睡衣

一代伟人毛泽东，离开了我们
只留下，一件 73 个补丁的睡衣

他用女娲的针线，补了又补
将一件普普通通的睡衣
补成比国家还大的地图

一块补的是，洋枪洋炮打穿的窟窿
一块补的是，工业的空白
一块补的是，落后的教育

要补的地方太多太多
这些勤俭的补丁
每一块，都补在他牵挂的地方
每一块，都补在令人心跳和景仰的地方

一丝一线，接通大江小河

日日夜夜，他用身体
温暖这 73 片粗糙的领土

有这么一件
打了 73 个补丁的铠甲
战场上，官兵们刀也不怕，枪也不怕

因为有这样一件睡衣
九亿人睡得踏实
只有韶山的峰峦，夜夜失眠

1977，高考

迟到十年的铃声
将许多年龄的差距
缩小到，同一个考场

多少目光投向这里，只因为张铁生那张白卷
才使这一切，感到熟悉而又陌生

要填空的地方太多
许多蹲牛棚的老师，匆匆将
游斗时挂在自己脖子上的那块黑板
挂到了，久别的教室

面对的新名词太多了
本应该，十八岁清楚的东西
到了三十岁，才重新解释

到了用钢笔的时候

橡皮擦，怎么也不能

擦去心中的伤痕

需要纠错的地方太多

需要回答的问题太多

需要论述的事理太多

岁月，等待每个人

重新排列组合

加多少催化剂，用多大的加速器

都难以追回，逝去的年华

只有一道题，大家都能解答

九亿人，若与知识决裂

便是与文明和进步决裂

在讥笑教授讲马尾巴的功能的时间里

许多人，便笑掉了

自己的青春

1978，十八个手印

十二月的凤阳，阳光并不灿烂

在小岗村那间土砖房里

十八个红红的手印

映得整个村子，热血沸腾

出天子也出乞丐的地方

皇家瑞气，并没有

给乡亲带来福气

凤阳花鼓，天天唱

还是没唱出，可以饱肚子的粮食

胆大包天的严宏昌

哪怕被敲打脑袋，也要敲掉

队里那口大饭锅

胆识与勇气，驱赶着

夜间的寒气

于是，稻谷茂盛地生长

后来，在北京

开了一个比这十八个人更气派的会议

八亿农民的手印

都跟着按在大地

这张十八个手印的契约

便成了中国革命博物馆

GB 54563 号藏品

1979，中国特区

中国特区，是从长期板结的土壤中
拱破出来的新芽
为凤凰，寻找梧桐

中国特区，是一栋又一栋
互相攀比的楼
高山榕般地越长越高

中国特区，是富人手里的移动电话
最先移动着全国人民的目光

中国特区是计程车，计算着
时间与金钱
中国特区，是 VCD 影碟
最先播放春天的故事
中国特区，是青年人身上的广告衫
最快推销一个城市的青春与活力

中国特区是证券交易所前的

特区人的神经

天天随着那条曲线，上下跳动

中国特区，是五星级宾馆的

洋酒和西餐

开始改变，中国人的口味

中国特区，经济走在全国的前头

技术，也走在全国的前头

体制，也顺在全国的前头

中国特区，是闯出来的特区

中国特区，是打工仔打工妹

干出来的特区

1980，准则

党中央，用金箍棒
给党员，画一个圈子
每个人，只能规规矩矩的行动

航船，校正了方向
走错了的人，回到正路
一网一格破了，重新修补

一支队伍，重温了出发的誓词
为了保持先进的步伐
帮一帮落后的，拉一拉走不动的
清除混进来的

打扫干净自己的院子
规规矩矩摆好家具

一支纯洁的队伍

任何化学反应，也改变不了
它的性质

只要他们，每个人
都对牧民的栅栏
保持敬意

1981，中国女排

不再饥饿的中国人
慢慢恢复了气力

国家的开放
让中国女排的姑娘
放开了手脚

一只比乒乓球大数十倍的排球
被郎平那铁榔头扣下去
打得日本大阪，开了许多裂缝
让骄傲的东洋魔女，羞愧地低下头
震得所有的中国人，欢呼起来

袁伟民，双手抱在胸前
默记着孙子兵法

队长孙晋芳

用她传递自信与团结的二传

令美国的黑珍珠，黯然失色

周晓兰，用她心中的天安门城墙

挡住了加勒比旋风

姑娘们用泪水，冲洗着汗水

在异乡的土地上

彻夜难眠

冠军的领奖台上，姑娘胸前的国徽

光芒四射

曾经疲软过一阵的民族

伴随着国旗，冉冉升起

国歌，成了唯一语言

从此，全国人民

都喜欢听宋世雄的话了

中国女排，也成了

一个约定成俗的

中国精神的代名词

1982，干部“四化”

一本书，翻过
读来使人心痛的几页
和最不想读的几页
在转折的地方，寻找
新的词汇

嫩芽，突破厚厚的冻土
一只出壳的雏鸡
轻轻叫几声，也给大地
带来生机

一台现代化的国家机器，需要
一颗颗现代化的螺丝

职业革命家，需要提升
适应建设的需要

曾经打过胜仗的队伍，也需要
补充新鲜
的血液

革命需要理论，更需要
博学的知识

国家治理，需要专业的人
做专业的事

三个梯队的干部，整合步伐
瞄准共同的目标
一棒，一棒，又一棒接力

1983，银河计算机

世界上许多计算机专家
都没计算出，中国的计算机技术
会发展得如此之快

百多年来，一直被别人算计的中国
已经能够，以每秒一亿次的速度
计算着，风云变幻的
银河

新中国诞生的那天，洋人就计算出
必定夭折于战火
或者饥饿，或者蒋介石留下的
满目疮痍
后来又计算出，中国没有石油
中国在短短的十几年
不可能造出原子弹、氢弹

一步一步失算的时候
他们又计算着，中国的内乱
以及领袖的不测

然而，经历过一场场风雨
共和国，仍然屹立
于是，他们又计算着
边界的冲突，东欧的剧变
经济的侵蚀，腐败的自溃

同时，还算计着香港
回归后必定变成死港
澳门也不可能顺利回归
甚至计算出一条定理
1999，不战而胜

在这一切都失算的时候
便怀疑他们的计算技术
是否泄密

它们永远都算不出
中国的银河计算机
除了计算出数据
还能够科学地计算出

中国人的志气

中国人的智慧，以及

一个强大的民族

百折不挠的底气

1984，零的突破

1984 年 7 月 29 日，在洛杉矶的射击场

小时候爱玩弹弓的许海峰

此刻，正神圣地瞄准

竞技场上

中华民族背了近百年的零蛋

屏住自己积压了多年的气息

扣动了扳机

慈禧那老太婆

最喜欢洋人的香水，最怕洋人生气

就是跑步，也跟着洋人的脚趾后面

于今，头上没有辫子的中国人

再不怕洋人

抓住辫子

义勇军进行曲

一次次催着炎黄子孙

冒着敌人的炮火

前进

喜气洋洋的华文报纸

用特大号汉字

赶排洋洋洒洒的自豪

整个洛杉矶，成了中国人

扬眉吐气的

场地

中国神枪手

震撼世界的这一枪

终于将一个封闭得太久的国家

打开缺口，奔腾的长江

就这样以前所未有的气势

让太平洋涨潮

1985，百万大裁军

在一个极为庄严的场合
邓小平，面对
还不时燃烧起战火的世界地图
伸出一个手指
用麻辣的四川话宣布
中国，裁军
一百万

许多红星，都望着
这位阅兵不久的最高首长
一位桥牌高手，为了争取上游
从自己的王牌中，抽出了
最心爱的一张

将军们，开始拂拭
跟随自己南征北战的手枪
和难以割舍的军营

面对从小到大

自己一步一步，拉扯大

并打出了政权的队伍

听到熟悉的号声

老泪纵横

每一支队伍

都有装甲车装不下的故事

每一个军人

都有自己憧憬的靶心

当理智战胜了情感

只能举起拿惯了武器的手

向着艰苦而又辉煌的岁月

敬上，最后一个军礼

这一年，许多洁白的鸽子

从天安门的广场飞过

成了世界版图上

最为美丽的风景

1986，863 计划

1986 年的 3 月，大写在日历上
"863 计划"横空出世
王大珩、王淦昌、杨嘉墀、陈芳允
四位科学家，激光的眼睛
盯上了，战略性高新技术

朱光亚的微电子技术，集成
上万名科学家，在不同的实验室
协同合作，攻克
15 个难题

中国科学家，具备
优质高产抗疫的基因
即便在太空，也脚踏实地
什么样的自动化，都是
创新驱动

科学家的蚌壳里，多少年
才有一颗珍珠

这些科教兴国的成果，有一天
将被新的成果超越
但是，中国科学家灵魂里的
家国情怀，永不过时

1987，三步走

这一年的 4 月 30 日，邓小平
对一位外国副首相
掰着三个手指头
一个十亿人口的大国
随着他屈指的方向前进

大拇指，每一个国民
告别寒冷和饥饿，不再排队
抢购紧巴巴的日子

食指，到二十世纪末
再翻一番。每一张脸
都露出小康的微笑

中指，弹力更大
深邃的目光，穿透五六十年的时间
再翻两番

他相信，现在的娃娃

一定能够

完成这个任务

1988，海南经济特区

1988 年，尝到特区甜头的国家
张开海口
将海南一个省，规划成特区

礁石，与热带植物一样
浑身发热
一个边缘省份，许多改革
走在全国的前头

海滨浴场，也是社会主义
市场经济体制的试验田

省级机构改革试验
"小政府"管理着"大社会"

许多的第一，潮水般涌向海岸
洋浦和洋山、东疆、大窑湾

成了兄弟

一个移民的岛屿，迎来了
全国各地，下海的移民

许多国家的游客
可以免签到三亚游泳
博鳌小镇，常年倾听
亚太的声音

苏东坡的书声弦声，淹没涛声
一片曾经流放的土地
成了向往的土地

1989，戈尔巴乔夫访华

将偌大的苏联版图，变成了
自己额上的，那块胎记

戈尔巴乔夫先生，不知得的
诺贝尔和平奖，还是
和平演变奖
六百万香港游子，将要踏上归途
苏联，一夜间
到处都是外国人

戈尔巴乔夫先生，给中国
送来了一面镜子，和一本
反面教材

放弃了自己的道路
便无路可走

不管新思维还是旧思维

一个国家必须稳定，不能

风波迭起

1990，浦东

徐光启先生的数学再好
也计算不出，浦东
会有这么大的变化

税收优惠的大厦
笋一般生长
金融的心脏，将血液
泵到全国各个角落

南京路，被南浦大桥
引到了浦东
一夜之间，浦西的床铺
搬进了浦东的房间

东方明珠，瞪大眼睛
看赶来排队的世界所有银行
看黄浦江，比白天

更美的霓虹

世界，透过浦东的窗口
看到了，开放的中国
步伐，不会停止

1991，深圳证券

1991 年，7 月 3 日
许多中国人
紧紧盯着那根曲线
中午睡不着了

过去一谈就色变的老虎
现在，每个人，想骑
就骑在它的背上

市场，将金钱
吸引到最需要它的地方

股民，每天都有
一张张脑电图和心电图
身子，一天要弯曲多次
面对大地，最喜欢绿
面对屏幕，最伤心绿

1992，九二共识

台湾，是郑成功的铁锚

1949 年，将美丽的岛屿锚在东海

迟迟没有向大陆靠拢

海浪，比额头上的皱纹还要急躁

大家都熟悉的那场雨

从嘴唇，下到了眼睛

故宫里的那些宝贝

告诉台湾年轻的宝贝

因为出生在中国，才成为宝贝

否则，china 就是那个

洋人轻轻一碰，就碎的瓷器

台湾老了，渴望

大陆的棚改

台湾旧了，羡慕

大陆的新居

阳明山好看，那是因为
所有的目光都很美丽

人们用水果成熟的时间，丈量
台湾与大陆的距离
看上去远，其实
就是一个共识的距离

1993，市场经济

1992 年春天，邓小平南方谈话的花朵
1993 年，结出了果子

只要三个有利于，就不再纠缠
姓社，还是姓资

苏联学来的平衡表，不再使用
社会资源，由市场配置

汇率并轨，税收分开
没有人讲究帽子的颜色
是不是红的
或者根本就不问他们
戴没戴帽子

只要钢材水泥的质量与价格
符合标准

就用来修建社会主义的路

只要在法制的铁轨上高速运行
就是一列好车了
不管它的引擎来自哪里
也不管它燃烧的是哪里买来的石油

不论他儿时喝的是山泉
还是牛奶
都可以平等地在银行走来走去

大街小巷，熙熙攘攘
不同的脚步，告诉世界
十三亿人，找到了
适合自己的经济方式

1994，三峡

三峡是母亲河，在源头
留给子孙们的，巨大遗产
三峡，也是大禹后代心头的
大隐患

桀骜不驯的巨龙
滋润着辉煌
也冲刷着，中华民族的伤痛

三峡是李白的二条蜀道
夹击的，黄金水道
岸，常常被水刺伤

三峡是历代政治家
图治的场所
孙逸仙，勾勒一幅仙景
喜欢畅游长江的毛泽东

总希望，立一道石壁

截断巫山云雨

让平湖的水润泽万民

可惜老人家最后只得将这一计划

交给，精力充沛的来者

三峡，成了展示国力

也是展示领导魄力

和民族活力的地方

三峡是千年大计，必须使用

中国的石料

三峡使许多家园

变得美丽

三峡也使一些人

背离美丽的家园

三峡要淹没许多文物

同时，又将使现在的

许多东西，成为将来的文物

三峡是人类的三峡

三峡大，三峡大得许多人

一辈子，也走不出三峡

1995，论十二大关系

古老的中国，讲究阴阳平衡的国度
赫拉克利特，可以和老子
亲切交谈
孔子，也可以对苏格拉底
施以礼仪

当年，毛泽东
在探索社会主义建设的路上
留下了，光辉的
《论十大关系》

1995 年 9 月 28 日，江泽民
对全党论"十二大关系"

十二味中药
有的性寒，有的性凉
有的性温，有的性热

配伍在一起，能够发挥
整体效益

一位驾驶员，既要改革的力度
又要行驶的速度
还要考虑，一路颠簸的
乘客的满意度

"十二大关系"，是交响乐的
指挥棒
不同的金属，发出和谐的声音

1996，山东诸城

国家，还在练习走路
有的国有企业就开始老了

山东诸城，一个被称作"陈卖光"的书记
吃了第一个螃蟹

工人端了几十年的铁饭碗，砸了
厂长坐了几十年的铁交椅，搬了
职工领了几十年的铁工资，变了
中国，多了下岗工人这个名词

每个人，都哀悼一段
捆得没有自由
放开，又觉得失去一切的岁月

许多企业活了起来
板着面孔的朱镕基，来到这里
也露出了笑容

1997，香港

1842年，鸦片熏瘦的中国
跪下去，就没有力气爬起来

原本要栽参天大树的村庄
被英国人，栽上了
一幢又一幢
摩天大楼

那个也许会叫宋庆龄的港湾
取了维多利亚的名字

一座城市的百年怨气
全部发泄到比赛的马身上
也只能，靠一批演员
在银幕上扭来扭去
在电视里，哭来哭去

直到 1997 年香港
才站了起来
尽管腿脚有些发麻
还是第一时间，感受到
祖国的温暖

因为，人民币上
那个不随意改变的圆字
索罗斯，再不打
香港的主意

香港毕竟离散多年
回家了，在祖国面前
可以撒撒娇
但是，怎么也不能
在祖国面前闹脾气

1998，长江大洪水

进入 6 月，所有的思想湿淋淋的
每天，总有许多洪水
自很难决堤的渠道，汹涌而来
举国上下，每一杯茶水
都泛滥着汛情，梦中的水蛇
咬得九百六十万平方公里的土地
疼痛不已

曾经哺育我们的乳汁
血液，稀释成黄土的颜色
水鸟的诱惑，都被桨声粉碎
美丽的渔歌，让旋涡
变奏出石头、砂土和墙垣的声音

牛羊和庄稼
在光芒中，野蛮地吞噬
闪电，无数次梳理水草

远方，渺渺茫茫
岸，一贫如洗

温柔，总有愤怒的时候
沉默，在许多遗忘的池塘或者山沟宣泄
清纯得没有皱纹的思想，忘记了
那条叫作汨罗的支流

一旦超出警戒的高度
只能靠指挥长手里的那只半导体
将全国的勇士、钢铁和砂土都吸引过来
以天安门城墙的坚固
迫使攀越树尖与屋顶的气势，低下头来

用口号、拳头与电子计算机
堵住了所有的决口
也堵住了那条
通往死亡与流浪的小路

赤膊上阵的汉子，一个个伏在大堤上
用身躯和生命，守住
人民的幸福

1999，澳门

1553 年前的澳门
将赌注，压在妈阁上

1887 年到 1999 年的澳门
将赌注，压在葡萄牙身上

1999 年以后的澳门
终于将自己所有的希望
寄托于祖国

葡京酒店的骰子
掷得濠江，每一只牡蛎
都想跳出水面
掷得半岛氹仔，不知道谁大谁小
掷得莲岛柿山，都不知道
家在哪里

掷得大炮台
只认筹码，不认人

大三巴牌坊
烧了又建，建了又烧
为谁而立，已经不重要了
重要的是，今天
它属于强大的中国

2000，西部大开发

太阳每天都要从那里回去
问一问沿路的胡杨
为什么，总是含着泪水

东部和西部，是一封书信
和一个电话的距离

我和全国的向日葵一样
跟着开发这片土地的决定
寻找丝绸、瓷器、茶叶
和骆驼的行迹

旅游指南告诉我
到处都是美丽的风景
四川的熊猫，重庆的雾
张家界的奇峰，黄果树的瀑布
云南的滇池

敦煌的石窟，西安的俑
还有丽江的古城

大山和黄土，不断地
压痛我的神经
我不明白，为什么贫瘠的土地
会供养这么多的宝贝

还是住在中南海的人
比我看得清楚
着手解决协调发展的难题

我们顺着人才优惠的铁轨
铺上去
一直铺到仓央嘉措的东山上

这就是天路么
听不见车轮摩擦的声音
只听见
那位少年孤寂的低吟——
"那一年，我磕长头拥抱尘埃
不为朝佛，只为贴着你的温暖
那一世，翻遍十万大山
不为修来世，只为路中能与你相遇"

终于明白了，为什么
再冷的冰，都没冻住
藏羚羊，还有这位
少年喇嘛的爱情

2001，上合组织

2001 年的黄浦江，夜色迷人
我转动着东方明珠
俯瞰芳香扑鼻的香格里拉酒店
此刻，全世界的眼球
都注视着，这颗明珠

我只看夜中的晶莹
看不同国旗的银行，在上海滩闪烁
看中国总理的手
已经与"俄、哈、吉、塔、乌"总理的手
紧紧握在一起
握成了橄榄枝

梦中，我拼着儿时的七巧板
几个国家的领导人
也将六块不同肤色的版图
拼在了一起

蝴蝶，簇拥着五彩鲜花的美丽

自从那年的鸦片熏染中国
谁都渴望硝烟都是炊烟
谁都期待千帆竞发中
一帆风顺

我静静地欣赏着迷人的夜景
这一刻，六颗心不再相互猜忌
安静地听着涛声
孔子七十二贤
在朗诵：和为贵

2002，南水北调

南方水多，北方水少
喜欢游泳的毛泽东
生前就想要借些南方的水给北方

调动千军万马的领导人
开始调水
滋润的嗓子与干涸的嗓子
同时发出号子声

十年，二十年
一个个西湖，搬运到了北方

水，有时不听风的话
有时不听月亮的话
但是，很听科学的话

这些愤怒时，谁都不敢招惹的水
按照共产党的意志
温柔地，改变了自己的方向

2003，东北老工业基地

东北的工业有些老了
厂房和城市，年过半百
交通，步履蹒跚

烟囱不停地喘着粗气
机床的牙齿也有些老化
曾经硬气的钢铁
力不从心

烧了半辈子的锅炉，总想歇歇
风剥雨蚀的管道，梗塞漏气

抓了几十年的吊臂
开始发软
风寒中，电力常常感冒
仪器，发着高烧

就在东北老工业基地

渴望输血的时候

党中央的一个决定

让整个东北精神振奋起来

所有的设备都变得年轻

城市的脸庞，泛出红润

森林和大豆

露出青春的笑容

2004，科学发展

2004 年 3 月 10 日，胡锦涛
面对人口资源和环境
提出，科学发展

不再只追求机器和产品的数量
转变方式，不是中国人不执着
省下点资源，并非中国人不大方

曾经为了一个村庄的温饱
不惜流失满山的水土
燕子，找到了熟悉的梁
找不到故人

一片绿叶，结束一个季节
手掌从不欺骗一条小鱼
音乐，弹出满天的棉花

每到干旱的时候，我的眼睛
是洞庭湖的一块湿地

为了发展，小河醒来
就跑向春天
绿水青山，才是人的金山银山

每一根水泥电杆，都怀念它
枝繁叶茂的模样
每一滴水，都想念它
清澈的少年

白帆，持续地驶进我的泪水
桨声令我彻夜难眠

2005，反分裂国家法

2005 年，全国人大常委会
以一部《反分裂国家法》，给台湾当局
划了一条不可逾越的红线

统一意志，对抗分裂企图
正法，对抗歪法
13 亿人民的大民意，对抗台独分子的小民意
主权法，对抗第三国的干涉法

许多同胞，回到大陆
家乡的小路，是被乡情染青的白发
弯曲在，河流的上游

这是诗人用墨水染蓝的海峡
余光中那张窄窄的船票
早已经发黄

村旁的古樟树

呼唤，归来的孩子

被海水打湿的脚

在瞬间走得开阔了许多

与坟草一同成长的乡亲

多想将海峡那边的半边月亮

拼成圆桌

然后，摆上大陆的月饼

台南的水果

2006，农业税

2006 年，中国所有的庄稼
都低头
向国家敬礼

鲁宣公的初税亩
使井田里的土壤
一夜之间，变得肥沃

饥饿的种子，被汗水
和都江堰、郑国渠里的水
浇灌得粒粒饱满

乡亲们，年复一年
将谷子，在田间和农舍之间
挑来挑去
挑了两千六百年
腰都挑弯了

挑得阡陌上，只剩下骨头

直到共产党的一个决定
农家所有的炊烟
欢笑起来

2007，嫦娥 1 号

正是桂花盛开的时节

中国人，终于在三十八万公里的高度

喝到了千百年来

一直渴望的桂花酒

等待得太久了，嫦娥

舞动寂寞的长袖

遥望人间

等待一棵树

枯死，或者枝繁叶茂

一个曾经对月亮有许多梦想的民族

面对卡特赠送的一克月岩

遥想月宫桂花酒的味道

多少帝王想尝一口这琼浆

却只能，尝到巫师的仙丹

多少诗人梦入寒宫
越想，诗句越多

毛泽东在诗词里只喝了一口
便泪挥如雨
尽管有《东方红》在空中呼唤
留下的，也只是
可望而不可即的思念与爱情

杨利伟，与月亮对饮了一杯
中国人，用自己的纸画自己的图纸
用自己的指南针指示方向
用自己的火药提升自己

三年走过一个世纪的路程
嫦娥，在十三亿人面前不要腼腆
一个民族的梦想
会使你更加美丽

2008，北京奥运会

在世界上最大的鸟巢里
李宁，举着奥林匹克的火炬
飞来飞去

二百零四个国家和地区，四十五亿双眼睛
都看着一幅中国画
徐徐展开

一百年了，一个国家曾经
消瘦得，拿不起那枝
画过《清明上河图》的
湖笔

二十九个脚印，走过这片
诞生火药
却让夷人用火药占领过的土地

从二十四史里重新发掘青铜
击缶而歌
替代格林尼治计算，北京时间

竹简与文字的力量远胜干戈
许多曾经征服中原的民族
反被一个"和"字征服

五幅中国画，如同中国气功
几笔，就能简练地
画出西洋人一百年的功夫

中国画，用西洋画的标准比例失调
但却总是画出西洋人画不出的视域
现在，中国人身体好了
也用一些西洋画法
并且开始用千年来的心血，为之敷色

即便是在汶川的废墟上
也能重新铺上宣纸

当刘春红和她的队友
用一个国家的力气，把一百块奖牌举起
中国画，早已画到了
鸟巢之外

2009，新农保

张大爷有砌墙的手艺
村子里最好的房子都是他的作品

年纪大了之后，他不再上墙
身体也渐渐不如从前。不管怎样劝说
就是不肯跟儿女们去城里养老
他的理由，不是蔬菜，就是鸡鹅

有一天，他问号一般的身子
突然拉成惊叹号
将"新农保"的卡拍在桌上
拍落身上几千年的尘土
什么养儿防老
我们农民，也每月领养老金了

儿女们还是好言相劝
张大爷脖子上的青筋

粗如故乡的河流
理直气壮地高声道
卡，我会用

所有人都知道，打开这张卡的密码
是老人家脸上阳光般的微笑

2010，中国高铁

一枝枝白色的铅笔

在神州大地的纸张上，画来画去

中国高铁，终于以汉字狂草的速度

在时光的隧道穿行

中国高铁，曾经在蒸汽中哮喘

中国高铁，也曾得过石油的疟疾

中国高铁，啃过德国西门子的汉堡

中国高铁，吃过日本新干线的寿司

中国高铁，在八国联军挖烂的路上也能行走

中国高铁，在大炼钢铁回炉的轨道上也能奔驰

中国高铁，被几个人扳上岔道

校正后，同样走得很快

中国高铁，一个乡村一个乡村打着招呼

中国高铁，轻轻地跟每一个城市聊几句

便风驰电掣

远方，只是三杯茶水的距离
中国高铁，使许多相思瞬间相聚

中国高铁如此舒适平稳
我却紧张万分
总担心
下一站，就到了老年

2011，利比亚大撤侨

2011 年的利比亚沙漠
每一个中国人，见到五星红旗
就热泪盈眶

从班加西到克里特岛
从雅典时间到北京时间
十二个日日夜夜，走过了
一个国家，半个世纪
由弱到强的路程

利剑斩断了恐惧的浪花
军机上，每一个人
在棉花一样柔软的云端
只有默念祖国，心里才会踏实

一瓶水，一袋面包
成了最珍贵的礼物

三万五千八百六十人，有人丢掉了鞋子

有人丢掉了护照

祖国，没有丢下一个她的儿女

不流行喊口号的年代

祖国万岁！发自游子的内心

2012，三沙

傍晚的鱼群，总是记得
郭守敬测量的
回家的方向
清晨的鸥鹭，每天
都在郑和绘出的海图上
展开翅膀

永兴岛的月亮，与漠河的月亮
和日月潭的月亮
是一样的月亮
曾母暗沙的沙粒
与帕米尔高原的沙粒
是一样的沙粒

汉字和汗水，吹填的岛礁
不再是一盘散沙

父亲生气的狂风，被母亲

慈爱的细雨梳洗

柜员机里，取回

存了两千二百多年的利息

灯塔，昼夜瞪大十三亿双眼睛

不让任何外来的鲸鱼

打扰珊瑚的睡眠

三沙，是祖先

留给诗人的责任田

即便大浪冲走所有的种子

也要让沙粒，在梦中熟稔

浪花，是永不凋谢的花朵

一堆一堆的碧玉，追赶白云

没有是非的海浪，分担

每一块礁石的孤独

分享，三沙的幸福

2013，八项规定

面对吃了不少药
总不见效的党和国家
习总书记，用了他那把
磨砺了几十年的手术刀

有人，因为霓虹灯太炫
忘记了乡村的油灯
有人，因为吃西餐太多
已经拿不起筷子

有人，手中的印章
不听母亲的话，只听金钱的使唤
有人，纳税人的东西吃得太肥
腿脚不再灵便

有人，顺畅的大路走多了
不记得为什么出发

也忘记得从哪里出发
几十年筑起的篱笆墙
可能引爆自己的堡垒

切除一个肿瘤少一个病灶
习总书记开出的方子
靶向精准，立即止住了
九百六十万平方公里的疼痛
全党的血栓消融
国家，也渐渐恢复了元气

这一年，上海自贸区成立
习总书记告诫全党，越是自由贸易
权力越不能自由交易
如同新划定的东海防空识别区
外国的飞机，不可越线

2014，南京

2014 年 12 月 13 日。南京
每一颗破碎的雨花石，都很沉痛
国旗，降到十三亿人的胸口
汽笛嘶鸣，诉说
一个民族长长的屈辱

历史的回声中
30 万人的遗言，全是呐喊

低头默哀的习总书记，抬头
就开始谋划全面建设小康社会
要想不再挨打，必须
全面建设
一个现代化社会主义国家

一路上，都在寻找

全面深化改革的路径

中国，既不走老路

更不走邪路

一路上，都在想全面依法治国

人民的权利和事业的推进

要依靠法制保障

一路上，都在坚定全面从严治党

自身的腰杆硬，才能

打出真铁

永葆血液的红色

决不能，做金陵的红楼梦

2015，屠呦呦

1972 年长出的蒿草
比 2015 年的花朵还要鲜艳
屠呦呦，绞尽了八亿人的脑汁
终于找到了东晋葛洪的蒿汁

这些苦涩的汁液
同盘尼西林一样
让一个哆嗦的民族
感到了月亮的温暖

闭了近百年眼睛的中国
在斯德哥尔摩，睁大天眼
看见墨子，翻读乌云和白云
看见嫦娥面对 C919，挥动长袖
看见悟空，追着一个又一个神舟
深海中与蛟龙搏击的哪吒

在珊瑚的尖叫声中无助

小时候，我伸出春风的舌尖

舔过顾方舟爷爷的糖丸

后来才知道，这糖丸

被顾爷爷自己

也被他襁褓中的孩子试吃过

原来，顾爷爷自己吞下的是一块石头

他给孩子喂下的，是满天的星星

理解一代人的正常奔跑

比理解一首诗还要艰难

中国的田径运动员

他们的奖牌，都应该

挂在顾爷爷的胸前

不信佛，佛一样的顾爷爷屠奶奶啊

我的诗，不能减轻任何人间的疼痛

只能帮助疼痛的人，呻吟

2016，G20 峰会

2016 年的西湖，笑得太平洋

流出了眼泪

被骂得失去釉彩的瓷器

摆在世界的中央

发出了一个民族的光亮

习总书记 挥动丝绸，几笔

就勾勒出"一带一路"的写意

曾经讨论如何瓜分中国利益的一些国家

开始讨论大家如何一起赚钱的事情

二十位元首，共同打捞一个

月亮，照亮新的地球

一个长期封闭的国家

终于拉开了拉链

不同肤色的人们

同时撑着许仙的雨伞

笑声，捆绑在平衡的轨道上

其实，国家之间

只是一个契约的距离

人民币可以和美元换来换去

石油和稀土的交易

没有什么稀奇

骆驼上的芯片，与飞机空运的牛肉干

一样可以交易，只要价格合理

非洲的国家，也可以

获得亚投行的贷款，只要按规矩行事

平等互利，大家会拥有一个美丽的西湖

相反，就是断桥

2017，沙场点兵

2017 年，到处都是青山绿水
朱日和，尘烟滚滚
三军统帅，举着望远镜
在沙漠上，找到了上甘岭的坑道

骨头是军人的发射架
瞄准镜，瞄准的
恰恰是最柔软的部分

导弹抬头仰望天空
冰冷的金属，热泪纵横

塞外，小白杨长得比士兵还慢
血肉与汗水
合成钢铁的声音

南海，国外几艘无事生非

分不清是横行还是航行的舰艇
让温柔的鱼苗长成鱼雷
辽宁舰，打捞定远舰的遗憾
潜艇，声呐到镇远舰悲壮的呼声

空中加油机，给飞行员补满了钙
无人机上，坐着十三亿人民

官兵都知道，口令生锈的时候
炮口就成了哑巴
懈怠，是最大的埋伏
忘战是自己最大的敌人

军人口号响亮，大家才安心
坐在咖啡馆漫谈
军人脚步整齐，人民才悠闲地
在小道上散步

2018，中美贸易

就在"一带一路"走得通畅的时候
特朗普，在贸易上
与中国拉开了锯子

马家窑红陶罐里
五千年的黄河水，有些变味
哭泣的影子已经嘶哑
汉武帝的茧形罐，蜷缩在别人的玻璃柜里
唐太宗的立俑，站在异国的展厅
失去了声音的威仪

特朗普长期换来换去
不知真不知道，还是假不知道
平等，才能做好生意

讨价还价也很正常
为了国家利益无可厚非

谈，就应该好好谈谈
不要动不动就加这个关税那个关税
诚信不是推特，可以推来推去

外孙女虽然可以秀几句中文
但毕竟不懂儒学典籍
中国人，讲究和为贵

提醒不懂中文的特朗普先生
China，已经不是那个
轻轻一碰就碎的瓷器
刘鹤穿的，不是李鸿章的官袍
而是比莱特希泽面料还好的西服
也系着姆努钦一样的领带

如果签订条约，有一个字
必须注意
北京，不是南京

2019，勋章

2019 年 9 月 29 日的人民大会堂
光芒四射
习总书记，将一枚枚勋章
挂在共和国的胸膛上

每个人的胸前
闪耀金色的光环
吸引全世界的目光
成为，神州大地
一致追逐的星辰和偶像

他们的贡献，永远写在
共和国史册上

这是一个，奋斗者
只要奋斗
就有成就感的新时代

这是一个崇尚英雄
英雄辈出的新时代

这是一个，只要舍得付出血汗于人民
人民，就不会忘记他的新时代

2020，脱贫攻坚

2020 年的中国

扔掉了九千八百九十九万个贫困的饭碗

将八百三十二个贫困县的帽子，甩到了太平洋

一个曾经饥饿的民族

一个将人数称作人口的民族

白居易那个饥饿的卖炭老头

可以每顿都吃饱饭了

还可以，烤一烤炭火

杜甫，茅屋中的秋风

吹不进来一幢幢新楼

张俞的蚕，在村民的新衣外

啃着桑叶

曾经，耕牛是农民的导游

小雨，给生病的乡村打着点滴

空气清新的山村，喘着粗气
裸露的石头，在美丽的村庄
打上一个个补丁

曾经，书是真正的奢侈品
生病的乡亲，除了草药
只有呻吟
一方水土，养不起一方人

因为饥饿的缘故
只想太阳和雨水多生几粒谷子
月亮，一个一个被翻到土里

电缆拉通一个世纪的语言
断头路，在贫困和小康之间延伸

八年的攻坚，全国人民的力量
深入到冻封的土层

习总书记，在十八洞村
向全国的干部和群众，传授了一个
精准滴灌、挖掉穷根的法子

于是，种子在地里，笑声朗朗

大棚，在季节之外

吹干了风的泪

长江、黄河，安静得惊心动魄

秋天来临，稻穗低着头

默念着一串串名字

像田野中抬头的母牛

呼唤她的孩子

每一块土地都很听话

每个人的温暖

温暖一山的石头

山雀子催眠的乡村

失业的胶鞋和旧农具耿耿难眠

乡亲搬进城镇的故乡

鸟窝一样的山民

住进了崭新的楼房

果实挂满沉甸甸的心事

牲畜在栅栏中亲切地呼唤

鲜艳的花朵，开得兴奋

爷爷能够看得起他的风湿病
奶奶，也没了心病

儿童在窗明几净的教室
拒绝风雨，打开课本
朗诵一个民族的复兴

电商，将乡村的土特产
卖进城里
快递小哥，将城市的温暖
送到乡村

曾经，只能在视频中
叫一声妈妈的
留守儿童
扑进母亲的怀抱，热泪纵横

人类历史上的奇迹，摊开在
普普通通的土地上

家乡富裕的时候，我是树枝上的
一只布谷鸟。而不是
光秃秃的电杆上
那个高音喇叭

2021，新征程

一百年。绵延五千年灿烂文明的中国
从鸦片熏瘦的小路走来
从中国人发明的纸张上，从每一个汉字
都很屈辱的条约走来

每一根小草，都曾经冒着硝烟
挂在城墙的头颅，坚守革命的真理
无数双手，举着鲜血染红的旗帜
中国人民，从此站起来了
古老的麦穗，牵手年轻的齿轮

从一张白的纸走来
自力更生，改写机器外来的籍贯
荡涤旧社会留下的，污泥浊水
跨过鸭绿江，向世界展示雄狮的铁拳
"两弹一星"，是最美的云彩

从开放的大门走来

觉醒在世界变革的前沿

经济总量，以高铁的速度

跃居全球第二的曲线上

曾经温饱不足的国民

骑着共享单车，走向

总体小康

富起来的中国人

5G 的步伐，赶上时代

从自信自强的大道走来

不断补钙的党，初心不改

中国经济，乘坐神州十二号飞船

跨上百万亿的高度

更高质量，更为安全

青山绿水，白云蓝天

续写安居乐业

社会安定有序，长期稳定的奇迹

强大的军事，维护 14 亿人

家国的安全

人类命运共同体

引领时代的潮流，滚滚向前

国家治理的四梁八柱牢固构建
百年跋涉，寻找到了
行走的中国方式
和最适合自己双脚的鞋子

踏上第二个百年奋斗目标的新征程
新的赶考之路
时代的考卷，只有一个题目
中国梦

梦见每一个早晨，亲吻蓝天白云
梦见绿水青山，变成金山银山

梦见黄金在田土里生长
梦见人民币在世界通行
梦见地球村的人们
习惯了中国制造

梦见能源不仅仅是煤炭和石油
梦见北京到广州，谈笑之间
梦见百岁老人，都不算寿星

梦见夏天的人们

都在长白山消暑纳凉
梦见寒冷的冬天，大家
都在三亚湾游泳

梦见每个人代步的工具
都是无人驾驶的汽车
梦见机器人，端茶送水孝老敬亲

梦见每一个孩子不再哭着为上学抓阄
梦见每一个病人不用看病排队

梦见乡村的学校
和城里的学校一样亮堂
梦见乡村的卫生院
和城里的医院一样治病
梦见乡里的爷爷与城里的奶奶
领取一样的养老金

梦见叔叔伯伯欢聚堂前
民主决定集体的事情

梦见所有的火炮，燃放的都是礼花
梦见全世界的影院，都在播放
中国的京剧

梦见汉语，成为外国人
最流行的必修课程

梦见联合国秘书长
与中国领导人常常热线
梦见"一带一路"上
一寸一寸，都很温暖
一步一步，都很坚定

走过百年的中国共产党是答卷人
时代和人民，永远都是阅卷人
只要我们仰望星空，脚踏实地
人民，一定能够富裕
国家，一定能够强盛
中国，一定能够美丽
伟大的中华民族，一定复兴